DE L'HISTOIRE

DE

LA POÉSIE.

DISCOURS

PRONONCÉ

A L'ATHÉNÉE DE MARSEILLE,

POUR L'OUVERTURE DU

COURS DE LITTÉRATURE,

LE 12 MARS 1830

PAR M. J. J. AMPÈRE

MARSEILLE,

TYPOGRAPHIE DE FEISSAT AINÉ ET DEMONCHY,

PLACE ROYALE, N° 10.

1830.

DE L'HISTOIRE

DE

LA POÉSIE.

DE L'HISTOIRE

DE

LA POÉSIE.

DISCOURS

PRONONCÉ

A L'ATHÉNÉE DE MARSEILLE,

POUR L'OUVERTURE DU

COURS DE LITTÉRATURE,

le 12 mars 1830;

PAR M. J. J. AMPÈRE.

MARSEILLE,

TYPOGRAPHIE DE FEISSAT AÎNÉ ET DEMONCHY,

Rue Cannebière, N° 19.

1830.

DE L'HISTOIRE

DE

LA POÉSIE.

M ESSIEURS.

Mon premier besoin, comme mon premier devoir, est de vous remercier de m'avoir désigné pour concourir à une entreprise utile qui honore ceux qui l'ont conçue et ceux qui la soutiennent. Vous avez voulu sans doute encourager, par cet exemple, à la culture des lettres les nombreux auditeurs de mon âge que j'aperçois dans cette enceinte. C'est à eux que j'ose surtout m'adresser, pour les prier de m'accorder une bienveillance amicale et toute fraternelle, de me recevoir au milieu d'eux, non comme un maître, mais comme un compagnon d'études. Si mes premiers pas sont mal assurés dans cette carrière de l'enseignement, où j'entre sous vos auspices, soutenez-moi, Messieurs, encouragez-moi : je vous le demande au nom de notre commune jeunesse. Je sens que j'ai quelque chose à vous dire sur des objets dont je me suis longtemps et sérieusement occupé ; je suis sûr de sympathiser avec vous dans tous les sentimens généreux qui vous animent ; enfin, je vous garantis deux choses : l'intérêt du sujet et le zèle du professeur.

Commençons par nous entendre sur la manière dont nous envisagerons la littérature et dont elle sera traitée dans ce Cours.

Qu'est-ce que la Littérature, Messieurs? Ou la littérature est une déclamation vaine, ou elle est une science; si elle est une science, elle est ou de la philosophie ou de l'histoire. Philosophie de la littérature, Histoire de la littérature, telles sont les deux parties de la science littéraire; hors de là, je ne vois que les minuties de la critique de détail, ou l'étalage des lieux communs.

La philosophie de la littérature, inséparable de celle des arts, étudie la nature du beau, décrit ses caractères essentiels, classe les formes fondamentales sous lesquelles il se révèle, et, les suivant à travers leurs modifications diverses, les rapporte au principe d'où elles dérivent. Ce n'est point cette science que j'essaierai d'exposer devant vous: quand l'aridité inévitable dans un pareil sujet ne m'interdirait pas de le choisir pour un Cours de la nature de celui-ci, j'en serais détourné par d'autres considérations.

Cette science est presque entièrement à faire ; à peine les premières bases en ont-elles été posées par quelques hommes de génie ; ce n'est pas moi qui me chargerai d'achever la tâche que ces grands hommes ont laissée incomplète; de plus je crois que le temps n'en est pas venu. Ici, comme ailleurs, la théorie doit naître de la connaissance approfondie des faits. C'est de l'histoire comparative des arts et de la littérature chez tous les peuples que doit sortir la philosophie de la littérature et des arts ; c'est donc de cette histoire qu'il faut s'occuper d'abord. C'est d'elle que nous nous occuperons en effet, et ce Cours sera un Cours historique.

Mais l'histoire de la littérature est vaste. C'est un immense tableau que celui où entrent les innombrables produits de la pensée humaine, et je n'ai pu prétendre le dérouler tout entier devant vos yeux. J'ai dû choisir ; et d'abord, écartant les autres branches de la littérature, je me suis renfermé dans l'histoire de la poésie. A tout prendre, la poésie d'un temps est son expression la plus vive et la plus élevée. La poésie est la fleur des lettres ; c'est à elle que viennent aboutir, c'est dans elle que viennent se résumer toutes les autres parties de la littérature, et l'esprit qui les anime se retrouve là plus énergiquement, plus complètement exprimé que partout ailleurs.

Mais l'histoire de la poésie elle-même offre un champ trop étendu pour pouvoir être parcouru dans un temps aussi limité que celui de ce Cours ; il a fallu de nouveau me res-

treindre, et comme j'avais choisi, dans l'histoire de la littérature en général, l'histoire de la poésie, faire choix dans
celle-ci d'une portion de son ensemble que nous pussions
embrasser. Ici, j'ai hésité. J'ai porté les yeux sur ce vieil
Orient, terre toute d'enthousiasme. J'étais tenté de vous
faire connaître quelque chose des poèmes de l'Inde, de
ces épopées de cent mille vers, où combats, fictions,
héros, tout est dans des proportions gigantesques, comme
les sommets de l'Himalaya et le lit du Gange : mélange extraordinaire d'austérité religieuse et de volupté passionnée,
d'abstraction métaphysique et de grâce naïve. J'aurais aimé
à évoquer devant vous les traditions héroïques de la Perse,
ou à vous promener dans le jardin de rose de Sadi; à vous
faire entendre quelques fragmens des poésies mystiques des
Suffis, dans lesquelles un quiétisme étrange, qui tient à la
fois de Fénélon et de Spinosa, s'exprime par les images les
plus terrestres empruntées à l'ivresse et à l'amour. Je vous
aurais entretenu d'une poésie qui nous est plus familière,
mais sur laquelle il reste beaucoup à dire, de la poésie
hébraïque; nous aurions comparé la mélancolie amère de
Job, aux extases prophétiques de David et d'Isaïe; de là
nous aurions passé aux chants impétueux de l'Arabe; je
vous aurais parlé de Mahomet, aussi grand poète que grand
législateur, qui fixa la langue aussi bien que la religion de
ses peuples, et qui, pour convaincre les incrédules, s'écriait:
« Qu'ils disent que celui qui a écrit ce chapitre du Coran n'est

pas inspiré de Dieu! » Enfin, il n'est pas jusqu'à la poésie chinoise, depuis ses chansons politiques, populaires, il y a trois mille ans, jusqu'à ses poèmes descriptifs dans le genre vaporeux, sur le parfum des fleurs, les nuages et le clair de lune, à la mode aujourd'hui là comme ailleurs, qui ne vous eût arraché un sourire, à demi de surprise, pour leur bizarrerie, à demi d'applaudissement, pour leur grâce.

J'ai pensé aussi à l'antiquité, si curieuse quand on l'étudie en elle-même et non à travers les imitations de nos poètes; d'abord à cette Grèce ingénieuse, que vous pouvez presque dire votre patrie, où, par un concours de circonstances heureuses, il fut donné aux hommes d'atteindre à ce point délicat de perfection dans les arts, du beau que nul autre peuple n'a surpassé; ensuite à Rome qui, trop souvent écolière et copiste des Grecs, cependant, à leur poésie riante, mêla quelque chose de son austérité et de sa grandeur.

Malgré l'intérêt que nous eussent présenté ces tableaux, j'ai préféré les temps modernes. Plus rapprochés de nous, ils excitent dans nos imaginations une plus vive sympathie. On peut, en suivant leur cours, arriver jusqu'à notre siècle. En littérature, comme en politique, leur étude importe à notre présent et à notre avenir.

Mais ce champ était encore trop vaste; il a fallu me restreindre toujours davantage, et ne prendre pour sujet de ces leçons qu'une moitié de l'histoire de la poésie dans les temps modernes.

Ici, j'avais à choisir entre le Nord et le Midi ; entre les peuples qui parlent les langues nées du latin, telles que le français, le provençal, l'italien, l'espagnol ; et ceux qui parlent divers dérivés des anciennes langues teutoniques, tels que l'allemand, l'anglais et les dialectes scandinaves. Je me suis décidé pour le Nord. Sa poésie est moins connue, et j'en ai fait une étude spéciale. J'oserais difficilement parler devant vous de vos troubadours, qui, au moyen âge, éveillèrent la poésie dans le Sud de l'Europe, qui donnèrent l'impulsion à l'Italie, à l'Espagne, au Portugal. Je me sentirai plus à l'aise en vous entretenant d'un sujet auquel manquera moins à vos yeux le mérite de la nouveauté. Certes, on ne peut, sans un vif regret, détourner les yeux des littératures du Midi, si fécondes, si brillantes ; mais les littératures du Nord nous dédommageront par leur originalité, leur variété, leur profondeur. Nous ne verrons pas la poésie italienne naître sublime et puissante avec le Dante, dans cette œuvre extraordinaire qu'il a nommée la divine Comédie, et qui est à la fois un système religieux, une grande allégorie philosophique, une épopée et une satire ; ensuite, entre les mains de Pétrarque, s'épurer en s'affaiblissant, et à peine échappée à la barbarie, incliner vers la recherche ; puis, après avoir été mystique et platonicienne, renaître chevaleresque et galante au siècle du Tasse et de l'Arioste : le Tasse, dont les malheurs et les amours, la vie et la mort furent d'un poète qui introduisit toute la nouveauté du sentiment moderne dans le cadre vieilli de l'épopée antique, dont le beau poème, quoique déparé assez souvent par la faiblesse et le mauvais goût, respire partout la grâce de la jeunesse et de la passion : l'Arioste, doué tout à la fois d'une imagination plus hardie et d'un talent plus mûr, qui, dans ses caprices pleins d'un art délicat, promène son lecteur, comme par enchantement, du gracieux au sublime, du plaisant au pathétique ; qui porte le bon sens dans la folie, et rend l'impossible vraisemblable par la vérité des détails et la perfection du récit. Je ne vous transporterai point dans cette Espagne, qui fut une nation, qui chanta ses vieux héros dans ces romances épiques qu'on a appelées une Iliade sans Homère ; qui produisit le génie de Cervantes, singulier mélange d'imagination romanesque et d'ironie philosophique ; où naquirent et Lope de Vega, dont la fécondité prodigieuse et l'invention inépuisable semblent passer les bornes de la vraisemblance ; et Calderon, qui fit le drame du Catholicisme, comme le Dante en avait fait l'épopée. Enfin, Messieurs, je ne vous parlerai point du Portugal, plus malheureux encore que l'Espagne, s'il est possible, dont la littérature toute patriotique eut, au temps de Camoëns, comme la nation au temps de Gama, son jour de grandeur.

Mais la carrière que nous allons parcourir ne nous offrira pas des objets moins dignes d'attention que celle à laquelle nous renonçons. Nous trouverons aussi dans le Nord de gais et galans ménestrels; et avant eux nous rencontrerons les scaldes et les bardes chantant, sur les champs de bataille, les joies de la guerre et de la mort. Il me semble qu'il y aura quelque chose de piquant à faire retentir, pour la première fois, ces chants sublimes et sauvages sous votre heureux ciel, en présence de votre belle Méditerranée. Au lieu du Dante, du Tasse, de l'Arioste, de Cervantes, de Lope, de Calderon, de Camoëns, nous aurons Shakespeare, Milton, Klopstock, Schiller, Goëthe, Byron : ce sont d'aussi grands noms, ce sont des gloires aussi imposantes. Nous suivrons, de siècle en siècle, la marche de la littérature anglaise à travers les révolutions politiques et religieuses dont elle reproduit toutes les vicissitudes. L'Allemagne nous offrira le phénomène d'une littérature se développant tout à coup et produisant, en moins de quatre-vingts ans, assez de grands hommes et assez de chefs-d'œuvre pour pouvoir rivaliser avec les plus vieilles littératures de l'Europe. Enfin, les pays scandinaves, c'est-à-dire, le Danemarck, la Norwège, la Suède et l'Islande, nous révéleront une poésie à part, qui, à elle seule, est tout un monde.

Après avoir déterminé l'objet de nos études, il me reste à vous soumettre quelques réflexions générales sur la manière dont, selon moi, doit être traitée l'histoire de la poésie.

L'histoire de la poésie ne doit pas être une aride nomenclature de noms d'hommes et d'ouvrages, pas plus que l'Histoire générale ne doit être une sèche chronique. Qu'importent en eux-mêmes les siéges, les batailles ? Ce que nous voulons connaître, c'est la cause ; c'est, pour ainsi dire, le sens des événemens ; c'est ce qu'ils peuvent nous apprendre du caractère des hommes et des peuples ; c'est, en un mot, la nature humaine dans ses diverses manifestations. De même, ce que nous demandons aujourd'hui à l'histoire littéraire, ce n'est pas d'être ce qu'elle a été trop souvent, un catalogue de publication et un recueil d'anecdotes ; c'est de nous révéler les divers états par lesquels ont passé l'ame et l'imagination humaine, et dont la littérature et surtout la poésie ont successivement reçu et gardé l'empreinte. L'âge où nous vivons, Messieurs, travaille à une grande œuvre ; il a entrepris de comprendre, de refaire les siècles ; chacun a sa tâche à remplir, petite ou grande, dans cette entreprise immense qui doit s'accomplir par une foule de travaux partiels. Les uns cherchent dans les crises de la vie des peuples, dans les conquêtes, dans les révolutions, les lois qui gouvernent les destinées de la civilisation. D'autres s'attachent à en suivre les développemens, dans les religions, dans la philosophie, dans les sciences, dans la législation, dans les arts, dans la littérature. C'est partout le même esprit, la même tendance.

De tous ces efforts divers et combinés doit sortir, Messieurs, l'histoire complète de l'humanité. Ce majestueux drame de quarante siècles, il sera peut-être donné à l'homme du dix-neuvième de le contempler.

Pourquoi ne pas vous avouer, Messieurs, que celui qui

vous parle, aveuglé sur sa faiblesse par son enthousiasme, a
consacré sa vie à concourir pour sa part à ce grand but?
Peut-être vous l'écouterez avec plus d'indulgence quand vous
saurez qu'il s'est préparé déjà par dix années de voyage et de
travaux à cette histoire de la poésie qu'il va commencer aujourd'hui devant vous.

Signalons d'abord une différence essentielle entre l'histoire
de la poésie et l'histoire générale. Celle-ci raconte des événemens qui ne sont plus, dont il ne reste rien que le souvenir;
mais l'histoire de la poésie, comme celle des arts, de la philosophie, a pour objet des monumens qui subsistent. En effet,
si les poésies de diverses époques sont un événement pour le
siècle où elles naissent, elles sont un monument pour les
siècles qui les conservent. Ici ce sont donc, en quelque sorte,
les pièces justificatives qui sont la matière du récit. Aussi,
toute l'histoire de la poésie est-elle dans l'intelligence et l'appréciation des monumens poétiques.

Mais cette intelligence et cette appréciation ont plusieurs
degrés; nous allons les parcourir rapidement.

Il y a d'abord un degré préliminaire d'étude; c'est la connaissance matérielle des poésies dont on veut faire l'histoire. La
première chose pour l'acquérir, c'est de se procurer un texte
exact, complet, et authentique. Pour tous les ouvrages qui ont
précédé l'époque de l'invention de l'imprimerie, ce n'est pas
une petite affaire, Messieurs, que d'avoir un bon texte. Nous
nous moquons quelquefois des savans en us du seizième siè-

cle; mais cependant ce sont eux qui, par les efforts d'une science patiente et ingénieuse, sont parvenus à retrouver, au milieu des variantes et de la corruption des manuscrits, la véritable pensée des grands écrivains de l'antiquité. Sans ce labeur immense, nos idées à cet égard porteraient à faux. Honneur donc et reconnaissance à ceux qui dévouent leurs efforts aux travaux arides et nécessaires de la critique philologique !

Gardons-nous au contraire de ceux qui mutilent les originaux sous prétexte de les épurer, ou même les altèrent sous prétexte de les embellir. C'est un faux en littérature que de toucher aux monumens qu'on publie.

C'est manquer de respect au génie que de tronquer et surtout de corriger ses productions. Qu'en jouant Shakespeare on laisse de côté quelques grossièretés inutiles et choquantes : je le conçois. Mais est-il croyable que son théâtre soit tellement dénaturé, qu'on le mette en scène avec tant de beautés de moins et tant de niaiseries de plus, que, s'il revenait, son fantôme aurait peine à reconnaître cet autre fantôme ?

Enfin, je n'ai pas besoin de vous dire qu'avant de parler d'un monument poétique, il faut en vérifier la date et l'authenticité. Sans cela on courrait risque de faire des frais d'esprit en pure perte. Il y a des mystificateurs malins qui tendent des piéges aux critiques trop confians, comme ces fabricans de médailles historiques qui ont joué plus d'un tour aux antiquaires, comme ces honnêtes brocanteurs de tableaux qui ont toujours des Titien et des Raphaël à vendre à certains amateurs. Combien de gens d'esprit ont cru reconnaître la main de Napoléon dans ce fameux manuscrit qu'on croyait venir de Sainte-Hélène? Quand on s'est assuré de la pureté et de l'authenticité d'un texte, il faut le lire, s'il se peut, dans la langue originale, en se rendant un compte exact de chaque mot. Dans les poésies un peu anciennes, dans celles des pays éloignés de nos mœurs, de notre civilisation, cette lecture ne peut se faire sans l'aide de notes ou commentaires, expliquant les passages obcurs, les allusions à des événemens du temps ou à des usages du pays. Les commentateurs sont utiles et respectables, quand ils se bornent à donner les renseignemens indispensables sur le sens de leurs auteurs; ils sont ridicules, quand ils mettent leur esprit à la place du sien. Ce sont des truchemens nécessaires entre lui et nous; or, quoi de plus absurde et de plus incommode qu'un truchement qui donnerait ses propres idées, au lieu de transmettre celles qu'on lui communique! Je suppose qu'on s'est assuré de la pureté et de l'authenticité d'un texte, qu'on n'est plus arrêté dans sa lecture par aucune difficulté matérielle, s'ensuit-il qu'on en ait une intelligence complète? Nullement, Messieurs, il reste beaucoup à faire pour le comprendre véritablement. Après l'intelligence externe, pour ainsi dire, d'un ouvrage, il reste à acquérir l'intelligence supérieure de son sens intime. Jusque-là, on ne peut dire qu'on l'ait véritablement compris; on n'est pas en droit de le juger.

Cette intelligence supérieure d'un ouvrage poétique suppose deux choses : la connaissance de la société au sein de laquelle il a pris naissance, et de l'homme qui l'a produit. En un mot, il faut savoir ce qu'il doit au génie national et ce qu'il doit au génie individuel.

Où étudierons-nous le génie national, Messieurs ? où trouverons-nous son empreinte ? Dans tout ce qui compose la vie d'un peuple, dans tous les élémens de sa civilisation. Quels sont les principaux ? La race à laquelle il appartient, le pays qu'il habite, la langue qu'il parle, ses mœurs, ses arts, sa philosophie, sa religion, son gouvernement. Le génie national se compose de toutes ces choses et se manifeste par elles. Il faut donc les prendre successivement toutes en considération.

De même que les races humaines diffèrent par la configuration des traits et par l'intonation particulière de certains sons, leur nature morale a aussi sa physionomie, et, pour ainsi dire, son accent. Ce caractère spécial d'une race s'imprime à toute sa poésie. Les chants slaves, bien que nés sous le ciel du Nord, sont aussi fougueux, aussi légers que les chants des peuples méridionaux. Voyez cette race irlandaise, si différente des races saxones et normandes qui l'entourent, quoique mélangée avec elles, elle conserve dans ses chansons nationales un caractère à part; et même dans son poète d'aujourd'hui, ce Thomas Moore, développé par la société anglaise, il y a quelque chose de l'imagination orientale des enfans d'Erin, de leur gaîté rêveuse, de leur mélancolie passionnée.

Quelquefois l'influence de la race paraît déterminer telle
ou telle forme poétique à l'exclusion de telle ou telle autre.
Ainsi la race sémitique, qui comprend les Hébreux et les
Arabes, est vouée à la poésie lyrique; chez les premiers ce
genre de poésie a atteint le plus haut degré de sublimité;
chez les seconds il est d'une fécondité et d'une richesse plus
grande que partout ailleurs. Mais ni chez l'une ni chez l'autre de ces nations il n'existe de poésie épique ou dramatique.
Toutes deux semblent refusées à cette race.

Quant à l'influence de la nature locale sur la poésie, elle
est tellement évidente qu'on n'ose s'arrêter à la prouver;
en effet, Messieurs, attendrez-vous du Nord la riante imagination du Midi? Attendrez-vous du Midi la tristesse sublime
du Nord? Le chant de l'Arabe sera, comme son désert,
monotone et brûlant. Ce désert, son cheval, sa bien-aimée,
un orage et un combat, tels seront les tableaux qu'il
reproduira sans cesse, tels sont ceux en effet qui com-
posent presque uniquement les Mollakats, ces sept poèmes
qui furent suspendus, à cause de leur perfection, dans
le temple de la Mecque. Quand on lit Homère, ne semble-
t-il pas voir, à travers cette poésie limpide et radieuse, le
brillant Archipel de la Grèce et la douce mer d'Ionie? Aussi
un voyage en apprend-il plus sur la poésie d'un pays que
bien des dissertations et des analyses : rien ne fait mieux
comprendre les jardins d'Armide qu'une journée passée dans
une *villa* de Rome, rien ne ressemble à la mélancolie

des chants du Nord comme ce qu'on éprouve dans les soli-
tudes de la Norwège, où l'on n'a autour de soi que d'immenses
lacs, de hautes montagnes, de profondes forêts et un grand
silence.

C'est que la nature a sa poésie : poésie éternelle dont celle
de l'homme n'est qu'un reflet. Cette poésie, toujours présente,
agit peu à peu sur l'imagination de ceux qui la contemplent
habituellement ; à leur insçu elle se mêle à leurs sentimens,
s'associe à leurs rêveries, se réfléchit dans leur ame et passe
avec elle dans leurs chants.

Quand au rapport secret des langues et de la poésie, il
est moins généralement reconnu, mais non moins réel ; il tient
au lien de la parole et de la pensée, lien aussi mystérieux que
celui de la matière et de l'esprit. En effet, quand on y réfléchit, comment se fait-il qu'un mot, un son peigne une idée,
un sentiment, avec lesquels il semble n'avoir aucun rapport ?
C'est que ce rapport existe à notre insçu ; c'est que le langage est l'écho de l'ame ; c'est que la pensée elle-même forme
ce tissu flexible et transparent qui se moule sur elle comme
une draperie dessine par ses contours les formes d'une
statue en les revêtant. Aussi il y a une alliance étroite entre
le langage et la poésie. On peut suivre dans les phases d'une
langue toutes les vicissitudes d'une littérature. L'histoire des
dialectes de la Grèce, par exemple, est presque l'histoire
de la poésie grecque.

Les mœurs d'un peuple pénètrent sa littérature par tous

les porcs. C'est faute de les connaître suffisamment que nous avons été souvent injustes pour les poésies étrangères. Mais depuis quelques années, il s'est fait un grand progrès à cet égard; on a senti que c'est le propre de la barbarie ou de la demi-civilisation de mépriser tout ce qui n'est pas elle. Quelque vanité que nous mettions à dédaigner ceux qui ne nous ressemblent pas, nous serons toujours inférieurs, sous ce rapport, au dernier des sauvages ou à un paysan chinois. Ne sied-il pas mieux à la nation la plus spirituelle du monde, d'employer son esprit à concevoir des mœurs différentes des siennes, qu'à se moquer de cette différence ?

Il faut donc pour goûter un poète se dépayser entièrement, et s'établir par l'imagination dans le cercle d'habitudes au sein duquel il a vécu. Pour cela, mémoires, voyages, romans de mœurs sont des secours précieux. Madame de Sévigné est un excellent commentaire de Racine, et le château de Kennilworth de W. Scott, une fort bonne préparation à Shakespeare.

Une partie des mœurs qui entraîne et détermine toutes les autres, c'est la condition des femmes, c'est la relation d'un sexe avec l'autre. Si nous n'avons étudié la nature de cette relation dans un pays, nous nous étonnerons souvent des tableaux que sa poésie nous présentera. Nous ne reconnaîtrons pas la passion là où elle est cependant, mais où des usages sociaux différens voilent son expression : dans l'Antigone de Sophocle, Hémon aime Antigone, cependant il ne dit pas un mot durant toute la pièce; c'est que .

dans les mœurs grecques, une jeune fille ne pouvait parler à un jeune homme; l'aveu de l'amour le plus innocent, une simple conversation avec Hémon, eût altéré, pour les Athéniens, la pureté d'Antigone. Seulement le chœur, interprète poétique des sentimens que le jeune homme renferme dans son sein, chante un hymne ravissant à l'amour, et, à la fin de la pièce, Hémon prouve le sien en se perçant de son épée, près du corps d'Antigone. On voit que l'amour n'était point ignoré des anciens, comme on l'a dit; seulement des idées de convenances, différentes de celles que nous avons, en empêchaient l'expression directe.

* En Orient ces idées sont encore plus éloignées des nôtres; et, par exemple, je crois que les Français et surtout les Françaises auront bien de la peine à s'accoutumer à ces drames indiens, à ces romans chinois, où deux rivales finissent par épouser le même homme, et où tout le monde est enchanté de cet arrangement à l'amiable.

Ce qui n'est là que bizarre, transporté dans nos mœurs, serait révoltant.

Les arts sont de la même famille que la poésie. On conçoit donc qu'un rapport intime, qu'un lien de parenté, pour ainsi dire, doit exister entre ces divers enfans de l'imagination; c'est ce qui a lieu en effet, et si l'on compare les chefs-d'œuvre des arts, chez un peuple, à ceux de la poésie, on les voit réaliser la même pensée sous une autre forme, dire la même chose dans un autre langage. La grande sculpture grecque, telle qu'elle se montre dans la Niobé de Florence, dans les statues du Parthénon, est de la poésie homérique en marbre. Le Dante dessine ses figures à la manière rude, hardie et grandiose de Michel-Ange ; et la fresque du *Jugement dernier* est un chant du Dante.

La poésie et la musique sont intimement confondues à leur origine. Ecoutez les chants nationaux d'un peuple, on sent que l'air et les paroles sont nées de la même inspiration. L'etude de la musique populaire peut seule initier complètement à l'intelligence de la poésie populaire. Quand le développement des deux arts amène leur séparation, il reste encore quelque trace de leur alliance primitive; là où existe le sens musical, il demeure conforme au goût poetique. Chez les anciens, la poésie était l'expression facile des sentimens les plus naturels, les plus immédiats; aussi ils ne connaissaient que la mélodie, c'est-à-dire que cette partie de la musique qui naît sans effort de l'emotion livrée à elle-même. Chez les modernes la poésie est devenue, comme la vie, plus compliquée, plus laborieuse, plus réfléchie, et alors est nee l'harmonie, avec ses combinaisons savantes, avec ses effets profonds, pour satisfaire aussi à ces nouveaux besoins de l'ame humaine, que ne pouvait plus contenter le plaisir simple du chant.

Passons à l'architecture, celle qu'on appelle si improprement gothique et qu'on pourrait appeler romantique ou chrétienne. A quelle époque a-t-elle paru dans le Nord de la France et sur les bords du Rhin? Vers le onzième siècle, au moment où commence la poésie chrétienne, la poésie romantique; au moment où la civilisation moderne sort tout à coup des débris de la civilisation ancienne décomposée par le travail de la barbarie. Jusque-là l'architecture ne savait que copier, en les déformant toujours davantage, les basiliques payennes, qu'alourdir ces cintres romains qui n'allaient point à son caractère; de même que la poésie n'était qu'une compilation ou une corruption grossière des formes de l'antiquité, l'architecture faisait aussi ses *Centons* à sa manière, en entassant, dans un monstrueux désordre, des débris ou des imitations défigurées de colonnes et de chapiteaux antiques. Tout à coup le génie moderne se révèle dans les chants des troubadours et des trouvères, et en même temps naît cette architecture, dont l'ogive détermine le mouvement élancé et hardi, et qui est, comme la poésie du moyen âge, un mélange de bizarrerie et de grandeur, de grace et de confusion.

L'histoire des religions ne peut pas plus que celle des arts, être séparée de l'histoire de la poésie. Presque partout les temples ont été son berceau. L'enthousiasme religieux et l'enthousiasme poétique étaient confondus dans l'origine. Les prêtres étaient des poètes et les poètes des prophètes (*Vates*). La poésie était une forme du culte, elle était avec la musique la voix inspirée de la religion.

La religion qui donne naissance à la poésie, lui donne

aussi son langage ; c'est elle qui lui fournit ces expressions figurées empruntées à ses propres symboles ; ce langage est tellement inhérent à la poésie, qu'il subsiste même quand la religion qui l'avait produit a péri ; des expressions nées de la mythologie antique se retrouvent presque partout dans la poésie moderne. Boileau ne concevait pas qu'on pût se passer de ces aimables fictions ; aujourd'hui, placées dans des temps rapprochés de nous, elles nous semblent absurdes. Sans doute nous avons raison de les rejeter, mais la difficulté est de les remplacer. C'est un des grands problèmes qu'ont eu partout et qu'ont maintenant chez nous à résoudre ceux qui aspirent à fonder une poésie nouvelle ; ils sentent qu'il faut créer une nouvelle langue de l'imagination, et c'est peut-être aux efforts qu'ils font pour atteindre à ce but, qu'ils doivent certaines locutions bizarres, certains tours de force d'expression ; c'est un travail violent pour produire brusquement, par la seule force de la pensée individuelle, ce qu'avait lentement formé l'imagination des siècles.

Le rapport de la philosophie avec la poésie est, au premier coup d'œil, moins frappant qu'aucun autre ; tout se tient cependant, et dans le même lieu, dans le même temps, les formules des métaphysiciens ne sont pas sans analogie avec la nature des chants du poète. Sur ce point je ne puis mieux faire, Messieurs, que de vous renvoyer à ces éloquentes leçons de mon illustre maître et ami bien cher, M. Cousin, où il a si bien montré que la philosophie d'un siècle était la pensée même de ce siècle, et pour ainsi dire son dernier mot. Oui, Messieurs, l'idée que la poésie d'un temps exprime avec ses images, l'architecture avec ses masses, la musique avec ses sons, la sculpture avec son marbre, la religion avec ses symboles, cette idée, la philosophie la réduit en système et l'énonce en axiomes. Ainsi Platon exposait sa théorie sublime de la beauté idéale, vers l'époque où cet idéal, dans sa pureté, planait sur toutes les imaginations, descendait dans l'atelier de Phidias, ou montait sur la scène de Sophocle.

En général, c'est par un accord secret entre l'esprit des poètes et des philosophes, qu'ils sont amenés, à leur insçu, à cette expression parallèle de la même idée. Cependant il n'est pas sans exemple que cet accord ait eu lieu par une communication extérieure des uns et des autres, par une action directe de la philosophie sur la poésie. En Allemagne, par exemple, nous verrons le mouvement poétique partir souvent du mouvement philosophique, et, contre la marche ordinaire des littératures, la théorie précéder l'exécution. Ainsi, nous verrons la nouvelle poésie suédoise commencer de nos jours par l'importation de la métaphysique allemande.

Il reste à traiter de l'influence du gouvernement sur la poésie; vous sentez, Messieurs, si cette influence est grande. La question politique est la question vitale des nations. C'est leur organisation sociale qui les fait être ce qu'elles sont : elle modifie à la longue le caractère des races, elle combat les effets de la nature et du climat ; elle renouvelle les langues ; elle réforme ou dénature les religions ; elle corrompt ou régénère les arts : comment pourrait-elle être sans action sur la poésie ?

L'effet de cette action est de donner à la poésie telle ou telle forme, et, sous ce rapport, il est curieux et utile de l'observer ; mais on ne doit pas aller plus loin, et il ne semble pas qu'on puisse dire qu'aucune sorte de gouvernement exclue ou produise nécessairement le développement poétique chez un peuple : la poésie a vécu sous tous les gouvernemens ; elle s'est accommodée de toutes les formes sociales ; elle n'a pas manqué au despotisme et à la théocratie de l'Orient ; elle a atteint sa perfection dans la Grèce républicaine ; elle n'a été étrangère ni à l'Europe barbare ni à l'Europe féodale ; elle a entouré de son éclat la monarchie absolue de Louis XIV, et maintenant elle se prépare une nouvelle ère sous la monarchie constitutionnelle.

Si la poésie peut s'arranger de toutes les conditions sociales, si elle a chance de vie dans toutes, on ne saurait dire, la plupart du temps, quelles sont celles qui lui sont favorables ou contraires. Les formes politiques influent sans doute sur elles, mais c'est par un concours mystérieux de circonstances qu'on ne peut ni prévoir ni amener. Ici les gouvernemens doivent reconnaître leur impuissance, il ne leur est pas plus donné de susciter le génie poétique que de l'étouffer. Un autre maître s'en est réservé le pouvoir. Pour ceux des arts qui ont besoin d'instrumens matériels, l'or des princes peut encore quelque chose ; mais au poète il ne faut qu'une lyre, ou mieux, qu'une plume, pour s'emparer des siècles. On a trop fait honneur à des cours ou à des souverains des productions du génie contemporain ; en littérature il n'y a point de siècle d'Auguste, mais le siècle d'Horace, de Virgile et d'Ovide. Les poètes eux-mêmes, entraînés par une exaltation qui était dans leur noble nature, ont fait illusion à la postérité par leur reconnaissance exagérée pour une mince faveur, à laquelle ils avaient peut-être bien le droit d'être admis à la suite des courtisans. Qu'y avait-il de si admirable à Mécène de recevoir à sa table et d'inviter chez lui à la campagne les hommes les plus distingués et les plus spirituels de son temps ? Ce n'est pas à sa protection que nous sommes redevables de leur génie. Ce n'est pas non plus à l'habile et cruel Octave ; à moins qu'on ne lui sache gré d'avoir fait faire à Virgile sa première églogue en lui ravissant son patrimoine, ou de nous avoir valu les *Tristes* d'Ovide en l'exilant chez les Gètes. Les petits souverains d'Italie au moyen âge avaient aussi la prétention de protéger les poètes. L'un d'eux accorda à l'Arioste une sorte de sous-préfecture dans un pays perdu, où le plus ingénieux et le plus aimable des hommes passait son temps à administrer une bourgade et à faire arrêter des voleurs. Le prince d'Est fit au Tasse l'honneur de l'admettre parmi ses gentilshommes de service ; mais bientôt, pour une cause qu'on ignore encore aujourd'hui, il l'enferma pendant six ans dans

une prison de fous, d'où il ne sortit que pour aller mourir
sous le chêne de St-Onuphre, en regardant le Capitole, où il
ne devait pas monter. Louis XIV, ce roi qui, à travers beaucoup de faiblesses, avait de la grandeur dans l'ame et le caractère, désira véritablement la prospérité des Lettres, et eut
assez de courage dans l'esprit pour ordonner qu'on jouât
le Tartufe ; mais on ne peut dire qu'il ait fait son siècle. Ce
n'est pas de sa cour, qui se croyait alors la nation, que sorti-
rent ceux qui devaient illustrer son règne. Ce règne dut la
moitié de sa gloire à un bourgeois de Château-Thierry qui
s'appelait Jean Lafontaine, à un bougeois de la Ferté-Milon
qui s'appelait Jean Racine, à un bourgeois de Paris qui
s'appelait Poquelin Molière. Dira-t-on que cette cour déve-
loppa leur génie ? Lafontaine n'y parut jamais ; elle ne pro-
fita à Molière que par le spectacle de ses travers et de ses
vices qu'il devait châtier. En perfectionnant dans Racine le
sentiment des nuances, l'élégance et la délicatesse du langage, elle amollit son génie et le fit souvent descendre de sa
véritable hauteur. C'est pour plaire à la cour qu'il fit Hip-
polyte galant, et Achille quelque peu fanfaron ; c'est pour
la cour qu'il composa Bérénice, la moins tragique de ses
tragédies ; c'est pour Dieu et pour lui-même qu'il fit Athalie,
la plus sublime de toutes. Enfin, Messieurs, vous le savez,
un jour, encouragé par Madame de Maintenon, il osa présenter au roi un mémoire sur la misère du peuple ; le roi
irrité de l'insolence de l'homme de lettres, lui jeta un regard

de disgrace qui lui donna la mort. Voilà ce qu'a fait pour les Lettres le souverain qui les a le plus honorées. Dans nos mœurs nouvelles, les gouvernemens peuvent encore moins pour elles ; ils ne peuvent les favoriser, comme l'industrie, que par l'indépendance : l'indépendance est une meilleure muse que la protection.

Jusqu'ici j'ai considéré les monumens poétiques comme isolés les uns des autres ; il me reste à vous présenter le rapport qu'ils ont entre eux. Ce rapport est double, c'est un rapport ou de comparaison ou de filiation.

La comparaison des diverses poésies n'est point un amusement inutile de l'esprit. C'est un moyen de mettre en saillie ce qu'elles ont de caractéristique, à l'aide des rapprochemens ou des contrastes. On sent qu'il ne s'agit point ici de ces parallèles où l'on opposait, suivant l'usage, la sublimité d'Homère à la douceur de Virgile, la force de Corneille à la tendresse de Racine, lieux communs héréditaires sur la trivialité desquels la critique a trop long-temps vécu, quand, se dispensant de pénétrer dans l'intérieur d'un ouvrage d'art, elle se bornait à faire étinceler à sa surface des antithèses banales entre des généralités de convention. Mais il est certain que souvent la comparaison de divers monumens poétiques a éclairé sur leur nature. On n'a cessé de concevoir l'Iliade comme une épopée de cabinet, méthodiquement composée par un écrivain plein de goût et de philosophie, que quand on a rapproché ces chants popu-

laires de la Grèce héroïque, de ceux qui sont nés spon-
tanément chez d'autres peuples à la même époque de la
société. C'est en étudiant les romances espagnoles, les anciennes poésies germaniques et scandinaves, qu'on a appris
comment se formaient, se groupaient, s'altéraient les divers
élémens des épopées primitives. Les monumens du moyen
âge et de la barbarie nous ont expliqué ceux des premiers
temps de la Grèce, et les commencemens de la société moderne
nous ont fait concevoir les commencemens de la société antique. C'est une comparaison savante du théâtre grec et
du théâtre français qui a fait tomber le préjugé qui con-
sacrait leur ressemblance. On a vu qu'à quelques formes
près, reproduites par Racine avec un goût et un tact exquis,
rien au fond ne se ressemblait moins que le théâtre du
temps de Périclès et celui du siècle de Louis XIV; et, de cet
examen, entrepris peut-être par un sentiment injuste de dé-
préciation envers Racine, Racine est sorti tout aussi grand,
mais mieux compris et plus original.

La comparaison aide donc sensiblement à l'intelligence des
monumens poétiques; mais, outre le rapport qu'elle peut établir entre eux, ils sont liés par un rapport plus intime, plus
essentiel; c'est le rapport de filiation. Non-seulement ils se
ressemblent par leurs caractères, par les circonstances qui
les ont fait naître, mais encore ils s'enchaînent les uns aux
autres par le fait même de leur production : ils s'engendrent
dans la succession des siècles; car ce qui a vie en poésie,

comme tous les êtres vivans, agit et produit. Un ouvrage n'est jamais isolé des autres ; il est toujours en relation avec ceux qui le précèdent ; et, s'il reste, il le sera avec ceux qui le suivent. Il faut donc, pour comprendre l'histoire de la poésie, suivre cette série de causes et d'effets qui se continue d'œuvre en œuvre ; et, dans un ouvrage donné, se rendre compte des diverses actions de ce genre qui ont pu se compliquer et se croiser, pour le produire. Même chez les rénovateurs de l'art, on trouve souvent une forte empreinte du génie de leurs prédécesseurs ou de leurs contemporains. Il faut faire dans Corneille la part des Espagnols, celle de Senèque, celle des romans de chevalerie de son temps ; dans Alfieri, celle du Dante ; dans Goëthe et Schiller, celle de Shakespeare ; dans Shakespeare lui-même, celle du vieux théâtre anglais qui l'a précédé et de toute la poésie du moyen âge qui l'a préparé.

Car l'originalité absolue est impossible ; le mot même l'indique. Il ne pourrait y avoir de poésie complètement originale que celle qui serait l'origine de toutes les autres ; et, celle-là, nous ne la connaissons point. Nous ne connaissons point un poète que n'ait devancé un autre poète ; un chant qui ne soit venu après d'autres chants. Or, ce premier chant a agi sur les chants postérieurs ; ce premier poète a agi sur les poètes qui l'ont suivi. Pour qu'un poète fût purement original, il faudrait qu'il n'en connût aucun autre. Mais alors il est douteux qu'il fît des vers. L'originalité véritable consiste

donc, non pas à être sans rapport avec tout ce qui a précédé, car cela serait impossible, mais à donner sa forme à
la matière poétique que le temps a faite.

D'après cela, l'histoire de la poésie, pour être philosophique,
ne doit point classer les ouvrages et les poètes seulement
par ordre de temps, mais grouper ensemble ceux qui sont
nés du même mouvement poétique et qui se le sont transmis.
Elle doit se transporter d'un pays à un autre pays, d'un
temps à un autre temps, en suivant ce mouvement dans ces
divers résultats. Il faut établir ici, comme en botanique et
en zoologie, dans les objets que l'on classe, non des di-
visions arbitraires, mais des séries et des familles naturelles.
Et, si vous me permettez d'emprunter aux sciences une comparaison encore plus exacte, car ici il y a cette différence
que les êtres, aujourd'hui vivans, ont probablement toujours
coexisté, tandis que les littératures sont successives; il faut
reconnaître dans cette succession des produits poétiques, de
véritables formations pareilles à celle que la géologie établit
dans la série des terrains qui ont formé peu à peu l'écorce
du globe. Ainsi, au moyen âge, il y a un ensemble de poésie
qui s'étend sur toute l'Europe, dont les diverses ramifications
couvrent successivement la France, l'Angleterre, l'Allemagne,
l'Italie. Toute cette poésie est de même famille, de même
formation. Il faut, à travers la variété de ses développemens et
de ses modifications, reconnaître son unité d'essence et
d'origine. Chacune de ces époques de l'histoire poétique cor-

respond à une des grandes phases de la civilisation. Celle dont je viens de parler, par exemple, à l'ère de la chevalerie; et de même qu'entre les divers âges géologiques du monde, il y a de grandes catastrophes, d'immenses cataclysmes; de même ces périodes de la civilisation et de la poésie sont séparées par des secousses de l'état social, des guerres et des révolutions; car la vie des arts, comme celle des sociétés, comme celle de la nature, ne marche point toujours d'un mouvement égal et continu. Ce n'est point peu à peu que l'enfant devient homme, mais par la crise de l'adolescence. Ce n'est point peu à peu qu'un certain état social change, mais par une crise aussi qu'on appelle une révolution. Partout on trouve l'alternative d'un travail insensible qui prépare sourdement un nouvel état d'existence et de crises subites, violentes, qui l'enfantent brusquement. Si l'on ne tient compte de ces explosions qui font éclore en quelques instans ce que le temps avait mûri en silence, on ne peut tracer avec vérité l'histoire du génie poétique, pas plus que celle des autres facultés humaines, pas plus que celle du développement de l'organisation ou des forces naturelles, tour à tour lente élaboration, et soudaine éruption : c'est la loi de la poésie et des volcans, de l'homme et du monde.

Vous voyez, Messieurs, que l'histoire de la poésie, ainsi considérée, a quelque portée et quelque grandeur. Nous nous sommes élevés par elle aux considérations les plus générales sur la nature et la marche des choses; nous avons éclairé l'étude de l'objet spécial dont nous faisons l'histoire, de la lumière que pouvaient verser sur lui tous les plus grands objets de la méditation humaine. Cependant, il me reste encore à l'envisager sous un nouveau point de vue. Nous avons parlé de la poésie et nous n'avons rien dit des poètes. Jusqu'ici nous n'avons considéré les monumens poétiques que dans leur rapport avec les circonstances sociales d'où ils sont sortis, comme si ces circonstances les produisaient immédiatement, ou dans leurs rapports entre eux, comme s'ils naissaient réellement les uns des autres. Cependant, il n'en est pas ainsi. Bien qu'ils soient le résultat de causes générales, ce sont des individus qui les produisent. Certes, il faut, avant tout, avoir égard à ces causes; mais il ne faut pas négliger ces individus; car s'ils expriment dans leurs œuvres, leur nation et leur temps, ils expriment aussi leur propre personnalité. L'intelligence des monumens poétiques ne peut donc être complète, si on ne fait la part du génie individuel aussi bien que celle du génie national; car les grands poètes ne sont pas des instrumens passifs, de simples échos de leur siècle. Investis d'un double pouvoir, en même temps qu'ils le représentent, ils le gouvernent. Ils ne se traînent pas à sa suite, mais ils marchent à sa tête; se séparent de lui quelquefois afin de le devancer ; le gourmandent pour l'instruire, et le servent en le combattant. En effet, la minorité d'un siècle a aussi ses représentans poétiques, ses orateurs d'opposition qui s'inspirent des passions contemporaines pour les atttaquer. Ainsi, je le répète, on ne sait pas

tout sur une poésie, quand on connaît les circonstances générales d'où elle est sortie. Il faut connaître encore à fond
les hommes qui l'ont manifestée. C'est par là que l'idée vague
qu'on en pouvait avoir devient précise et vivante; le poète
véritable, c'est-à-dire le poète créateur, empreint toujours ses
œuvres d'un sceau particulier d'originalité et si l'on n'a saisi
cette physionomie individuelle d'un poète, on n'a pas une
notion exacte de ses ouvrages. On ne se connaît pas en pein-
ture pour dire de quelle époque est un tableau, il faut pouvoir dire encore de quel maître.

Cette individualité est plus ou moins prononcée selon les
divers âges de la société. Dans les âges primitifs, elle est
presque nulle. Tous les membres du corps social sont au
même degré de culture, ont les mêmes opinions, les mêmes
sentimens, vivent de la même vie morale. L'imagination est
un don à peu près universel; la poésie est partout; le
poète est semblable aux autres hommes, seulement le don
du chant est chez lui plus développé, et il chante ce qui
est dans toutes les ames, dans tous les esprits, ce qui erre sur
toutes les lèvres. En exprimant sa pensée, il exprime la pensée
générale. C'est le temps où le véritable individu est la race,
la tribu. Le poète est la voix de cet individu collectif et rien de
plus. Aussi à cette époque le poète n'a point de nom, il est le
chantre, le barde, voilà tout. Qui a composé l'Edda? les vieilles
ballades du Nord? les anciennes romances espagnoles? On ne
le sait. Ce n'est personne. Elles n'appartiennent à personne.

Cette poésie était celle d'un temps où tout le monde était poète. Celui qui l'a articulée n'en a été que l'éditeur, non l'auteur; aussi son nom n'est pas resté. Là quelquefois pourtant un nom surnage, et on lui attribue tout ce qui appartient à une de ces époques primitives; mais alors ce nom n'exprime rien autre chose que le génie poétique du temps. L'homme qui l'a porté a entièrement péri comme individu. Tels sont les noms d'Ossian, d'Homère, qui ne nous apprennent rien d'authentique sur ceux à qui on les prête; mais désignent pour nous une certaine ère de la poésie, comme Hippocrate une certaine école médicale.

Plus les sociétés avancent, plus l'individu se détache et se dessine énergiquement, non par l'action, mais par la pensée, et de là résulte une plus grande influence de l'individu sur la poésie. Dans les sociétés primitives au contraire l'action est individuelle, et la pensée, par conséquent, la poésie collective.

En Grèce, à l'époque héroïque il n'y a qu'Homère, tout au plus Hésiode, c'est-à-dire des récits de guerre et des préceptes de sagesse pratique, comme il n'y a dans la vie des hommes que le combat et le conseil. Mais au temps des républiques grecques, la diversité des individus se prononce davantage, et le mouvement libre des esprits qui se développent avec indépendance produit, en même temps, la multiplicité des genres. Quand on veut trouver dans cette époque un type uniforme, dans lequel on prétend emprisonner toutes les imaginations, on prouve seulement qu'on ne l'a guère étudiée. L'art

était compris bien différemment par Eschyle et par Sophocle,
par Ménandre et par Aristophane, par Pindare et par Ana-
créon. Mais c'est quand on arrive aux temps modernes qu'é-
clate la variété infinie des natures poétiques. L'ame, livrée à
une plus vaste activité, découvre sans cesse dans les régions
de l'art, des espaces nouveaux. Chaque grand poète se crée un
monde à son image et il y transporte ses lecteurs de vive force
par la puissance du talent.

De là d'innombrables combinaisons poétiques, de là des
genres si divers de perfection. Sans doute le génie est plus
sujet à s'égarer en s'abandonnant à ses impulsions person-
nelles, qu'en réfléchissant naïvement l'impression de tous. Il
s'expose à peindre ses fantaisies au lieu des sentimens uni-
versels de l'humanité; mais aussi quelle perspective de fécondité et de richesse lui est ouverte! sans faire sortir la poésie
du champ de la nature humaine, il peut lui en découvrir
incessamment de nouveaux aspects; pour cela il n'a qu'à contempler cette nature en lui-même et la rendre telle qu'il l'y
trouve. Cet envahissement toujours croissant de l'individualité est pour la poésie la garantie d'un avenir inépuisable.

En même temps, il nous fait une loi, à mesure que nous
avançons plus dans l'histoire poétique, d'étudier avec plus
de soins, le génie, le caractère particulier des poètes. Sous
ce rapport, les biographies, les mémoires, les anecdotes, tout
ce qui en soi n'aurait qu'un intérêt secondaire devient on ne
peut plus précieux à recueillir. Il faut pénétrer, par tous les

secours possibles, dans l'ame de ces hommes dont nous voulons comprendre les ouvrages ; il faut se familiariser avec eux et parvenir à lire dans leur cœur comme dans celui d'un ami ; il faut chercher à surprendre le secret de leur vie dans tout ce qui peut le révéler. L'étude de leur tempérament, de leur figure même, de leur éducation, de leurs passions, de leurs habitudes ; cette étude délicate n'est pas moins nécessaire que la grande étude des croyances, des mœurs et des sentimens de leur temps ; car tous ces fils entrent les uns comme les autres dans le tissu de leurs compositions.

Vous sentez, Messieurs, tout ce qu'offre de piquant et d'animé cette partie de l'histoire que nous voulons faire. Il s'agit d'observer la nature humaine dans ses plus grands représentans, de saisir le rapport de leur vie réelle avec les créations qu'ils nous ont laissées et qui sont aussi des réalités pour notre imagination. Quelle curieuse galerie de personnages extraordinaires, de physionomies variées, de destinées bizarres ! Il y a là des mendians et des princes, des prêtres et des comédiens, des guerriers et des femmes ; il y a des vies pures et brillantes ; il y a aussi, et en trop grand nombre, des vies malheureuses et même dégradées.

La poésie perce partout, dans toutes les conditions humaines, dans tous les genres d'existences ; elle se fait jour à travers la grossièreté des classes vulgaires, comme à travers la corruption des classes frivoles ; quand elle doit naître quelque part, ni la misère, ni le luxe, ni les agitations, ni l'oisi

veté, ni l'ignorance, ni le science ne la peuvent étouffer; elle
va chercher Eschyle à Marathon, Virgile dans son champ, le
Dante au milieu des guerres civiles, Milton au sein des que-
relles religieuses, Shakespeare sur le théâtre, Racine à Port-
Royal, Voltaire dans les salons de Paris, Lord Byron à la Cham-
bre des Pairs, Goëthe à l'université. Tous ces hommes, placés
au sein de circonstances si diverses, obéissent à la même voca-
tion; il est, certes, d'un vif intérêt pour nous de les suivre
depuis leur point de départ jusqu'au terme éclatant de leur
carrière; et cette carrière elle-même n'offre-t-elle pas souvent
un intérêt pathétique et romanesque? C'est Cervantes d'abord
combattant les Mores, ensuite leur prisonnier, et, dans les
fers, formant le plan d'une vaste conspiration d'esclaves.......
Qu'il eût été étonné alors si on lui eût dit qu'il ferait un
jour Don Quichotte! C'est Camoëns balotté par le sort de
Lisbone à Goa, se sauvant à la nage en tenant son poème au-
dessus des flots, achevant son épopée nationale dans une
grotte de la Cochinchine, et revenant dans sa patrie expirer
à l'hôpital, pendant qu'un pauvre nègre allait le soir men-
dier timidement pour le grand poète. C'est Chatterton s'em-
poisonnant à 17 ans pour échapper aux tourmens de la
vanité et de la faim. C'est André Chénier montant sur la
fatale charrette l'avant-veille du 9 thermidor. Mais les inci-
dens dramatiques de la destinée des poètes, quelque atta-
chans qu'ils puissent être, ne sont pas ce qu'il nous importe
le plus de connaître; c'est leur nature intime, souvent si

pleine de contraste et d'enigmes, qui peut rendre raison de
ceux qu'on trouve dans leurs ouvrages; je n'en citerai qu'un
exemple : la poésie de Lord Byron fait l'effet d'un rêve
étrange et souvent incompréhensible, jusqu'à ce qu'on aie
étudié en détail cet homme extraordinaire. Les sombres caprices d'un enfance rêveuse, les tristes désordres d'une jeunesse livrée à elle-même, des bouffées de vice, de grandeur, de
vanité, de passion, de folie, d'enthousiasme qui se succé-
daient brusquement dans cette ame énergique et convulsive;
la fatuité d'un grand seigneur avec des opinions radicales, le
travers d'un *dandy* et d'un roué avec l'adoration de l'idéal,
le besoin et le mépris de l'opinion, une certaine bonhomie
mêlée d'égoisme dans la vie habituelle, et quelquefois la cra-
nerie de la perversité; enfin un malaise perpétuel, sauf
quelques instans de ravissement, voilà ce qu'on trouve dans
ses mémoires tout incomplets qu'ils sont, voilà ce qu'on retrouve dans ses ouvrages, avec son génie de plus.

. Nous avons, ce me semble, dans cette analyse rapide, épuisé
tous les degrés par lesquels doit passer la connaissance des
monumens poétiques, pour être complète. Je vous ai sommai-
rement rappelé leurs principaux rapports avec la société,
entre eux, et avec leurs auteurs. Je suppose qu'on a étudié
tous ces rapports avec soin; la tâche de l'historien de la poésie est-elle accomplie? non, Messsieurs, ce qu'il est parvenu
à comprendre, il lui reste à l'apprécier; c'est-à-dire à le sentir
et à le juger.

En effet, Messieurs, le charme de la science qui nous occupe, c'est qu'elle a pour objet non-seulement la vérité, mais encore la beauté. Un poème n'est pas un cadavre qu'il faille disséquer froidement, une machine qui n'offre d'autre intérêt que la disposition de ses rouages; c'est un ouvrage d'art qu'il faut contempler dans son ensemble et qui est appelé à nous donner l'impression du beau. Si le sentiment du beau nous manque, notre esprit sera comme un aveugle qui voudrait éclairer une statue: bien qu'il tint le flambeau, il ne la mettrait jamais dans son véritable jour. Ce qui nous reste à faire ce n'est point l'étude qui nous l'enseignera. Le but de tout ce travail préparatoire était de renverser les barrières que le temps et l'ignorance avaient pu établir entre le beau et notre ame, de nous le rendre accessible en nous replaçant dans les circonstances où il avait été produit; quand la science a fait cela elle ne peut rien faire de plus. Un homme a tiré un tableau du sein des ténèbres, il a essuyé la poussière qui le couvrait, expliqué le sujet qu'il représente; il l'a disposé favorablement par rapport à la lumière, et nous a conduit au point le plus convenable pour le contempler: il ne dépend pas de lui de nous donner le sentiment de l'art, de nous faire éprouver du plaisir à la vue de ce tableau.

La science est comme cet homme: elle peut écarter tous les obstacles, tous les préjugés qui nous empêchaient de bien voir, elle peut nous placer favorablement, elle peut éclairer comme il convient ce qu'elle offre à nos regards; il ne dépend pas d'elle de créer en nous un sentiment de sympathie et d'admiration. Le sentiment ne peut venir que de nous-mêmes ; et encore ne dépend-il pas de nous : on ne peut sentir à volonté ; et avoir la prétention d'éprouver ce qu'on n'éprouve pas réellement est le plus grand des ridicules. Mais nous pouvons du moins ouvrir notre ame à toutes les impressions dont elle est susceptible, ne pas renoncer, de propos délibéré, à certaines jouissances poétiques, ne pas refuser, par parti pris, d'être intéressés, amusés, émus à de certaines conditions. C'est une grande duperie, Messieurs, de se priver d'un plaisir par un dédain mal fondé. C'est un grand travers de porter de l'aristocratie en littérature et d'avoir peur de déroger par ses admirations. Plaisante vanité d'être insensible à ce qui donne à d'autres hommes des impressions douces et élevées ! Autant vaudrait être fier d'avoir un sens de moins.

Ainsi, Messieurs, nous accueillerons le beau de quelque côté qu'il nous arrive : nous ferons pour la poésie comme on fait pour la nature. Chacun a ses sites de prédilection. L'un aime mieux la mer, l'autre les montagnes, celui-ci les lieux déserts, celui-là les champs cultivés ; mais celui qui aime la mer n'est pas assez insensé pour fermer les yeux quand il entre dans les montagnes. Qu'on ait aussi ses poètes chéris, rien de mieux ; mais que ce goût particulier ne rende pas insensible au mérite des autres poètes. Heureux ceux qui, par suite d'une nature souple et de comparaisons répétées, peuvent acquérir cette flexibilité de sympathie qui les met tour à tour en rapport avec le génie poétique sous ses formes les plus diverses. Comme ceci est involontaire, il faut profiter, pour y atteindre, des dispositions les plus accidentelles et les plus fugitives de l'ame. On ne peut déterminer d'avance que tel jour on goûtera tel poëte ; mais il peut arriver que tout à coup, au moment où on s'y attend le moins, on soit préparé, à son insçu, par la situation de son ame, à sentir comme lui, et qu'alors ce qu'il y a de plus intime dans son génie nous soit révélé par une illumination soudaine. Ce sont là des instans précieux qu'il faut mettre à profit, car des années de travail ne les remplaceraient pas ; mais ces impressions variables et capricieuses ne peuvent être la mesure de nos jugemens : comme tout ce qui est passionné, elles sont vives et trompeuses. Dans le moment où l'on vient d'être ainsi frappé de la beauté d'une poésie quelconque, il est simple qu'on la mette au-dessus de toutes les autres. Il n'y a pas de mal à commencer ainsi par l'exagération, pourvu qu'on ne s'y arrête pas, pourvu que la raison prononce après l'enthousiasme. Cette intervention de la raison qui vient, de par sa souveraineté absolue, juger nos impressions et leurs objets ; cet arrêt suprême de la plus haute de nos facultés, c'est ce qu'on appelle la critique.

Oui, Messieurs, la critique, la critique véritable. Non, cette critique malveillante et aride qui fait une guerre puérile aux détails et ne sait pas s'élever à la considération de l'ensemble ; mais cette critique large et féconde, qui met toute chose à sa place, qui, pleine de respect pour le génie et de sévérité pour l'erreur, admire volontiers et condamne avec indépendance.

Cette critique, Messieurs, a un double objet ; l'importance et le mérite des ouvrages qu'elle évoque à son tribunal.

Au milieu de cette foule de productions qu'entassent les siècles, le premier devoir de la critique est de distinguer celles qui sont dignes de prendre place dans l'histoire, de fixer le rang qu'elles y doivent tenir. Tel homme a laissé de nombreux volumes, qu'il n'a rien fait pour la poésie, et ne mérite pas même une mention de son historien ; tel autre n'a laissé que quelques vers, et a droit à une place honorable dans les annales de l'art. Savez-vous, Messieurs, ce qui doit décider de ce droit en dernier ressort : c'est le fait de la création poétique. Tout homme qui donne à l'art une forme nouvelle, qui met dans le monde un type qui n'y était pas avant lui, une combinaison qu'on n'avait point essayée ; cet homme compte pour la critique. Il est possible qu'elle soit sévère à son égard, qu'elle réprouve ses innovations ; mais elle ne peut se dispenser de parler de lui, elle est obligée de le juger. Pour celui qui s'est borné à reproduire une forme déjà connue, quelque talent qu'il ait pu mettre dans cette reproduction, il n'a fait qu'une contrefaçon plus ou moins habile, et l'historien de la poésie n'est pas tenu de s'occuper de ce genre d'industrie. Sans doute, en innovant, on court risque de s'égarer ; mais en copiant, on n'a pas chance de produire. Tout homme qui marche s'expose à tomber, mais celui qui reste assis est bien sûr de ne pas arriver. Ainsi la critique n'accorde son attention qu'aux individus qui vivent d'une vie propre; elle n'en a point à donner aux plantes parasites qui viennent sur un arbre vigoureux : pour l'histoire de ces plantes, elle renvoie à celle de l'arbre lui-même.

Mais l'importance des individus augmente en proportion de leur rapport avec les masses, soit en tant qu'ils en sont l'expression plus fidèle , soit en tant qu'ils ont eu sur elle une action plus étendue et plus durable.

A génie égal, nous nous intéressons plus au poète qui nous présente un tableau de son temps qu'à celui qui ne nous raconte que sa propre histoire et ne nous offre que des conceptions solitaires. Aussi, chez presque tous les grands poètes, le temps où ils ont vécu nous apparaît, non pas froidement décrit en dehors de leur ame et de leur vie ; mais identifié avec eux et incarné, pour ainsi dire, dans leur propre substance. C'est encore pour cela que les poésies des temps primitifs, dans lesquelles les individus ne se détachent pas encore de la masse sociale, mais ne font qu'un avec elles , sont toujours intéressantes; car elles nous apprennent du moins quelque chose; de plus elles sont nécessairement inspirées. Elles ont toujours une base vraie dans les fondemens mêmes de la nature humaine. L'instinct qui les fait naître est trop naïf pour pouvoir s'égarer; c'est l'envie de chanter, sans enthousiasme, qui produit les mauvais poètes, et cette envie ne peut prendre aux peuples primitifs ; ils ne font de la poésie, que parce qu'ils ne peuvent pas faire autrement.

L'action qu'un poète a exercé sur les autres hommes est encore une raison de l'importance que la critique doit lui reconnaître. Messieurs, rien de ce qui a eu ici-bas une grande influence n'est vain. Nul homme, s'il a remué l'ame et excité l'admiration de nos semblables, ne doit être passé sous silence. Un siècle se trompe rarement, et, même dans ce cas, son erreur mérite d'être examinée : pris en masse, les siècles ne se trompent point, et le jugement de la critique aboutit finalement à confirmer celui qu'ils ont prononcé.

S'ensuit-il que ce jugement soit superflu ? Non, Messieurs : car la critique doit motiver l'arrêt que le temps a rendu. Après qu'elle a distribué les productions poétiques selon leur importance, elle s'en saisit, et séparant d'une main inflexible le bon et le mauvais, les beautés et les défauts, elle juge la poésie, comme la conscience juge l'histoire. Les siècles ont dit que Racine et Shakespeare étaient deux grands poètes : nulle critique individuelle ne prévaudra contre cette imposante décision ; mais ce n'est là qu'un résultat : à la critique appartient d'en faire connaître et d'en peser les motifs. C'est elle qui défendra le génie contre l'esprit de parti, de quelque côté qu'il s'élève. Elle commencera par étudier les beautés ; car sa plus grande gloire est de les découvrir et de les révéler : cette tâche est plus belle et plus difficile que la recherche envieuse de quelques défauts.

Un poëte anglais (1) a dit :

> La paille impure flotte à la face des ondes,
>
> Mais la perle se cache au sein des mers profondes.

Après s'être acquitté de ce devoir, la critique n'oubliera pas que la même impartialité lui prescrit de signaler les écarts de ces hommes dont elle vient de signaler les mérites; et ses reproches, remplis de la même candeur que ses louanges, seront encore un hommage à ces grands hommes et à la vérité. Il est rare que la critique s'élève à cette haute impartialité, c'est elle seule, cependant, qui peut lui donner une dignité véritable.

On a souvent cité ce vers :

> La Critique est aisée et l'Art est difficile.

Messieurs, ni l'Art ni la Critique ne sont aisés; la perfection de l'une est au moins aussi rare que celle de l'autre : je crois même qu'il y a eu dans le monde plus de grands artistes que de grands critiques. C'est qu'un critique, pour être parfait, devrait avoir l'ame d'un poète et la pensée d'un philosophe.

J'ai parcouru, Messieurs, toutes les conditions d'une bonne histoire de la poésie, et maintenant je suis effrayé du tableau que je vous ai offert. Cependant ma faiblesse même me rassure. Vous n'attendrez pas de moi l'accomplissement d'une tâche que nul homme encore n'a embrassée dans toute son étendue. Peut-être était-il nécessaire de poser le but lointain de mes efforts, au risque de vous faire sentir combien j'étais incapable de l'attein-

(1) Dryden.

dre : vous me rendrez du moins la justice de n'avoir pas conçu d'une manière trop étroite la mission que vous m'aviez confiée.

Je n'ai point la prétention de vous offrir toute faite l'histoire de la poésie, qui n'existe pas encore et à laquelle la vie entière d'un homme ne suffirait peut-être pas. Je vous en apporterai les matériaux, quelques idées générales et beaucoup de faits, beaucoup de citations, des analyses aussi animées, des traductions aussi exactes et aussi nombreuses qu'il me sera possible. Voilà ce qui composera ce Cours, pour lequel je réclame de nouveau une indulgence que votre bienveillance, déjà éprouvée, m'enhardit à espérer.

Venez donc, Messieurs, non pas pour m'entendre, mais pour voir passer devant vous les productions de la poésie étrangère, pour assister aux merveilleux développemens de l'esprit humain à travers les temps modernes, depuis la barbarie du VIe siècle jusqu'à la civilisation du XIXe. Que notre situation est heureuse ! Messieurs, les chefs-d'œuvre de tous les temps nous appartiennent. Quand il serait vrai, comme le pensent quelques hommes spirituels de nos jours, que les destinées de la poésie sont finies, ce serait encore un beau dédommagement d'évoquer, pour nous consoler, ce qu'elle a produit jusqu'à nous de plus illustre, et de former comme un Musée magnifique des monumens qu'elle nous a laissés. Mais, Messieurs, je ne partage point cette triste croyance. J'ai foi à l'avenir de la poésie comme à celui de la liberté et de la civilisation. J'ai la confiance que dans notre patrie, qu'au sein de cette génération qui, par

de fortes études, se prépare à de hautes destinées, il s'élève
quelques hommes qui placeront leurs statues dans le Musée
dont je parlais tout-à-l'heure.

Non, Messieurs, la poésie ne peut périr. Au moment où elle
paraît languir et s'éteindre, il jaillit tout à coup quelque source
ignorée d'inspiration et d'enthousiasme. La poésie secoue
ses vieux vêtemens dont le temps a usé l'éclat, et sous un cos-
tume nouveau, reparaît brillante et rajeunie. Parce qu'une forme
poétique s'épuise, il semble que la poésie va finir ; mais c'est
une illusion. Là, comme dans l'homme, c'est l'enveloppe, c'est
le corps qui périt ; l'ame subsiste indestructible. Un critique
allemand qui passait dans son temps pour un oracle, Gotsched
écrivait vers 1750 que la poésie allemande touchait à sa déca-
dence, qu'on perdait les bonnes traditions, qu'on s'écartait des
bons modèles. Ces modèles sont maintenant oubliés, et tandis
que Gotsched prenait ainsi le deuil de la littérature allemande,
la vraie littérature allemande allait naître et un jeune homme
de 17 ans, c'était Klopstock, préparait en silence l'ouvrage qui
devait ouvrir à la poésie de son pays le chemin où elle marche
avec gloire depuis près d'un siècle. La poésie se régénère dans
sa marche comme la société. Au milieu de la mollesse et de la
frivolité du 18e siècle, qui se fût attendu aux scènes terribles,
aux efforts immenses de notre Révolution ? Comment prévoir
Corneille au temps de Jodelle ? Dans ce siècle, comment prévoir,
la veille du jour où ils ont paru, Byron ou Châteaubriand ?

Sans doute en voyant les glorieuses conquêtes de l'esprit

philosophique, les progrès des sciences positives et de l'histoire,
on est tenté de désespérer de la poésie, de croire du moins
que son inspiration changeant de nature, ne s'adressera plus
qu'au penseur, au savant, à l'historien; et en effet, il y a plus de talent épique dans l'histoire de la conquête d'Angleterre, que dans
toutes nos prétendues épopées. Mais, Messieurs, il ne s'ensuit
pas de ce que la poésie se répand hors de son domaine, qu'elle
cessera d'y régner. L'histoire, quelque poétique qu'elle soit, ne
remplacera pas plus la poésie, que le roman historique, quelque
historique qu'il soit, ne remplacera l'histoire. Toute chose a
sa place ici-bas, et la poésie gardera la sienne. Il y aura toujours en nous un certain besoin d'idéal, un certain élan vers
un monde supérieur au nôtre, qu'il deviendra certainement de
plus en plus difficile de satisfaire ; mais auquel ne pourront
donner le change ni les hautes abstractions de la pensée, ni
les curieux résultats de la science, ni les découvertes de l'histoire.
Après tout ce qu'on a fait, il y a encore des abîmes à explorer
dans l'imagination et dans le cœur de l'homme; il y a à peindre de nouveaux sentimens que développe le progrès des
siècles. Ces grandes idées elles-mêmes de la science, ces vues
élevées de la philosophie et de l'histoire ont leur poésie, et
cette poésie est à faire. Il y a là pour nous une mer d'enthousiasme qui n'est pas prête à tarir. Non, Messieurs, quoi
qu'il arrive et quoi qu'il semble, la poésie ne passera pas sitôt
de mode en ce monde.

FIN.

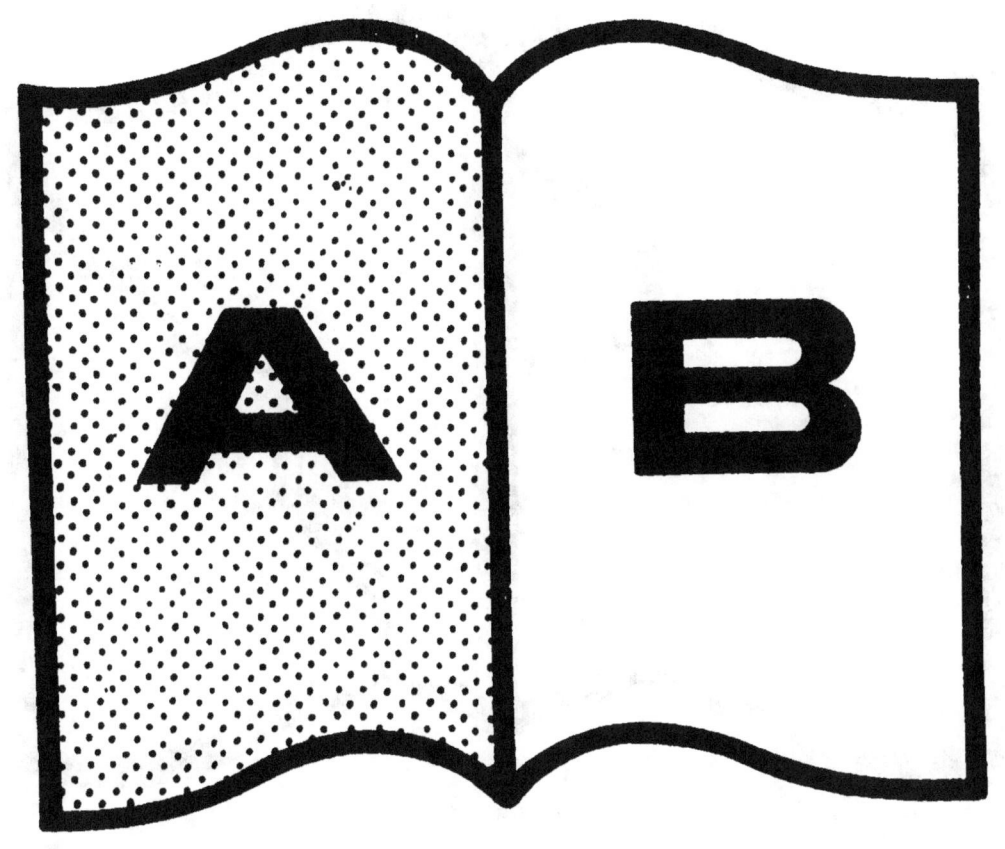

Contraste insuffisant

NF Z 43-120-14

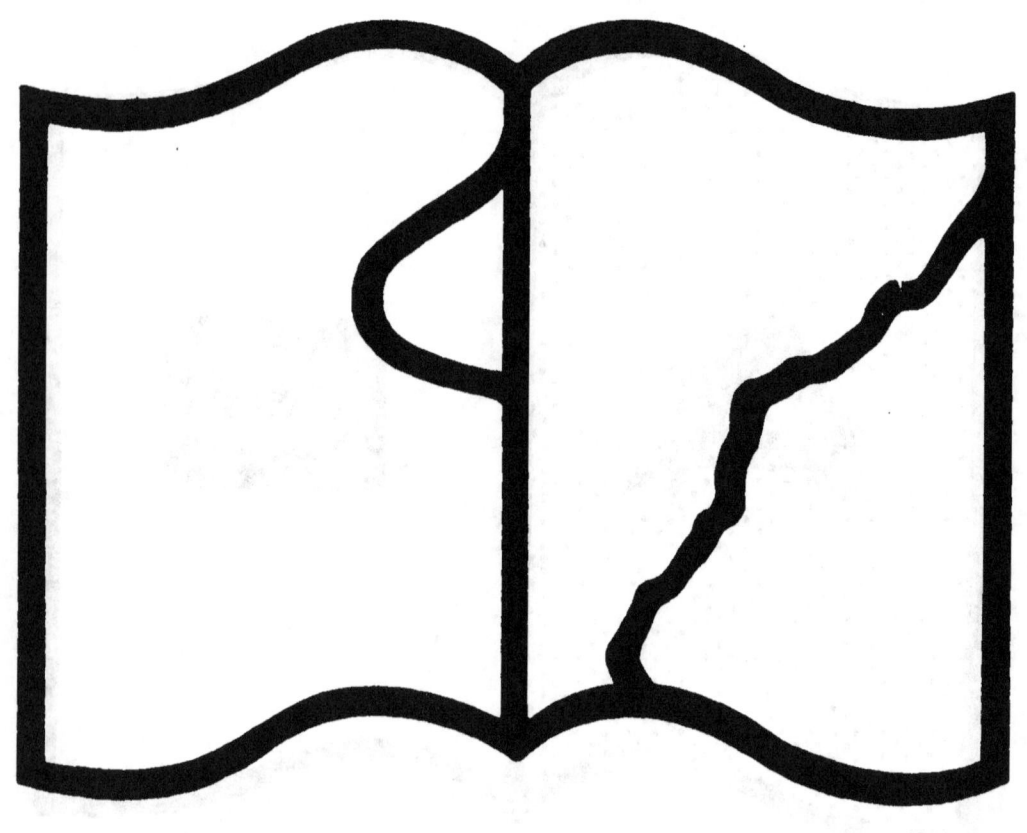

Texte détérioré — reliure défectueuse

NF Z 43-120-11